草に追はれて

Kusa-ni-Owarete

Sachie Nakabayashi

中林祥江歌集

現代短歌社

目次

I

撫には撫の　11
無花果　14
あいさつまはり　18
綿の実　20
冬至の朝に　24
底値の菜花　26
チューリップ眠る　29
月が誘ふ　32
一合の水　35
月見坂　41
土竜ゐるらし　43
サフラン　46

墨暈　48

Ⅱ

鬼千匹　53
あした出荷の　57
赤き実は　60
橅の木下を　62
マロニエ　66
薔薇の花束　70
彼岸花　73
キャラメル　76
樹液動きて　79
爪痕　82
記憶の地図　85

空掃くやうに　87
みぞれ鍋　91
葡萄畑　94
風呂敷　99
昨年のつづき　101
土の匂ひす　103
古家毀つ　106
野良着のままに　109
牛蒡の花　111
葦舟　116
賀茂鶴一升　118
コスモス　121
ちひさな赤子　124

草に追はれて　126
辛卯《かのとう》の年　130
霜月の雷　132
回り灯籠　138

Ⅲ

土筆の花粉　143
毛のつく毛布　145
木漏れ日　148
八十八夜　150
鍵ひとつ　153
鳥がとび交ふ　157
二枚の念書　160
黄の水仙　164

草の庭 168
有馬の湯 172
つゆくさの花 176
八升の小豆 178
忠魂碑の花 181
気弱な木 184
わが身の丈 186
傘のごと 190
芋の葉 192

跋　無花果とユーモア　松村正直 195
あとがき 204

草に追はれて

I

橅には橅の

夕まぐれ雉のひと声きこえけり芥子菜の花、桃花《たうくわ》のあたり

無花果の芽吹きの力となる雨か夕暮れなほも烈しくなりぬ

春闌けし吉野の里の葉桜の匂ひまとひて蔵王堂たつ

奈良の桜、吉野の桜と騒ぐ間に土手の桜の散り初めにけり

収穫の隠元、芍薬、紅花と大型連休駆け足に去る

檞には檞のかなしみあらむ夕つかた一羽の鳥のとびたちゆきぬ

無花果

無花果の剪定作業の手を止めて遠山見れば煙のぼれる

熊野路に夫が指さす雲の間の時雨の虹を見つけ得ざりき

考へて思ひあぐねし時いつも無花果畑に聴いてもらひぬ

来し方を問はれしひと日とおもひけり一番だしの昆布ゆつくり刻む

収穫後に二トンの堆肥を入れをへて彼岸花なづる風ここちよし

無花果の一枝《え》ひと枝をねぎらひてお礼肥撒く秋霖の中

みしりみしりと軋む葛《かづら》の橋わたり祖谷《いや》の紅葉をひとひら拾ふ

椿象《カメムシ》の多き次年は雪多し　諺どほりの酷寒にゐる

憂きことは取り越し苦労に他ならずケ・セラ・セラ・セラ巻き寿司かぶる

あいさつまはり

二月堂は沸きに沸きたり猛る火は僧侶の面の若きを照らす

唸りつつ押し寄する春の突風にハウスの悲鳴息止めて聞く

木蓮の莟の中に育ちたる春はじけ出て今日の温さよ

留袖にあいさつまはりする嫁の小雨に映ゆる赤き唐傘

この村に移り来たりて父母が植ゑし樵の木花咲かせをり

綿の実

糸紡ぎしたきおもひの昂ぶりて畑の隅に綿の種播く

やうやくに雨あがるらし龍門山《りゅうもんざん》にかかりし雲の昇りゆく見ゆ

わざわざと麦藁帽子脱いでまで同級生が禿げ頭見す

無花果の収穫峠をこえしころ緑の綿の実みえてうれしも

鉢に水のしみゆく音の心地よしポトスの蔓ははつかふるへる

しばらくは夢をみませう詠進歌ポストの底に祈りておとす

雨やみて秋深まりぬ　陽の射せる縁にすわりて綿繰りなせり

名手《なて》駅にしばし電車は待ちくれて喜寿なる友は運ばれゆきぬ

わが摘みし実綿を繰りてやうやくに4・3キロの綿を溜めたり

持ち込みし綿を量りて一貫と一六〇匁と綿屋がいひぬ

冬至の朝に

村守る堤防工事はじまりて村見守り来し大樹倒さる

つややかな万年青の赤き実のひかる冬至の朝に孫は生れたり

朱墨にて「命名　宏太《くわうた》」と認めぬ明日の名付けの万端なりて

亡き義母《はは》に吾が初孫を抱かせむと羽織ほどきて布団つくりぬ

仏壇にらふそく灯せば芍薬の紅き花びら音して咲《ひら》く

底値の菜花

最優秀賞を卒寿の翁にさらはれて無花果部会の会場は沸く

農政を叫びて握手求め来し政治家の手はわれより白し

国会の言うた言はぬの問答を聞きつつ底値の菜花を揃ふ

気のすむまで迷はむとおもふ昨日も今日もそして明日も雨なのだから

茶店より見ゆる水田のそのむかう友が手入れの桃畑あり

嫁ぎし子の部屋に入れば置き去りのオルゴールより音ひとつ落つ

チューリップ眠る

手術日の決まりし午後の畑にでて癒ゆれば採らむもろこしを播く

生ひ茂る畑の草ひく夢みつつ目ざむればまだ病室は闇

フリル閉ぢチューリップ眠る　病室のながき静寂《しじま》にチューリップ眠る

孫と寝て心の棘の落ちし朝セントポーリアひとつ花咲く

ひさびさの雨を貰ひて畑清したうもろこしはぐんと伸びたり

直売に売れ残りたる隠元は心細げにわれを待ちをり

受粉せるキウイ畑に二センチの胎児の写真を娘《こ》は見せに来る

月が誘ふ

今日も陽は絶好調に昇りきて向日葵の頭《づ》をまづは照らしぬ

定員三人に候補者六人　異例なる二〇パーセントの不在者投票

十三人の歴代村長に見守られ県議の選挙の投票すすむ

投票所にて十三時間をひたすらに見守るわれら立会人は

バリバリと単車に乗りて若者が投票にくる頼もしきかな

ひと駅を乗りすごしたる迂闊さに歩くもいいよと月が誘ふ

ふたご座の流星群を知らずして夢の中にも蜜柑採りゐし

一合の水

わが摘みし綿で娘の児の為の蒲団つくらむ予定日近し

紅花に染めし毛糸で仕上げたるベビードレスにアイロンあてる

霜月の厨ににほひ満ちみちてわれの作りし牛蒡煮えたり

音たてて枝うつりゆく鳥のゐて櫨の黄葉をわれにこぼせり

遠ざかる救急車の音　生れてすぐ和歌山医大に孫は運ばる

娘婿の祖父母が杖つき子の部屋に入りゆくが見ゆ産みて三日目

神様の思し召しにて生れし児も生れぬ児もあり孫のダウン症

手術後の絶食解かれしみどり児は一合の水飲みほしにけり

夜がきてほつとする日のつづきをり今日も一日ともかく生きぬ

気負はずに子育てすると言ふ娘　退院せし児に乳をふくます

障害を持ちて生れたるこの孫をいつまで守つてやれるだらうか

橅の枝を夫がゆすればわれの背をやさしく打ちて実はこぼれくる

たつぷりと朱墨含ますのびやかに書かねばならぬ「命名　新《あらた》」

この孫と逢はむが為の半生か　雪舞ふ朝の白梅一輪

会ふたびに「よう育てた」と誉めくるる祖父母なるらし　有り難きかな

障害の子を抱き娘が手を振れりかくも逞しき母と育ちて

月見坂

二泊三日の旅に出でむと六月の畑に忙しき日々をすごせり

ほろほろと合歓咲き初むる家を出て山法師咲く仙台に来つ

南三陸の海を照らせるこの月は月見坂をも照らしゐるらむ

この道をあるいてゆけば辿り着く月とおもへり海の一条

夜の海の雷遠き一閃は島にかかりし雲照らし出す

土竜ゐるらし

手術日を待つのみの父は睡蓮のあはひに泳ぐ目高見てをり

睡蓮のふたつ咲く朝病む父は母に添はれて入院したり

芍薬の草引きをればふくふくと土もりあがる　土竜ゐるらし

川の面の一点見つめたちてゐる白鷺に秋の雨ふりつづく

父に常つきそふ母は帰り来て裏の畑に大根まけり

かからぬと心に決めし風邪ひきて運勢通りの一月ゆけり

月一回の喉病む人らの会合に父は出で行く母を伴ひ

舟岡山を眺め通ればば木の間には藤の花見ゆ今年さびしく

サフラン

若くして逝きたる祖母は美しき人にありしと母のはは恋ひ

生薬のサフラン摘みて副業にせしとききたりヨシといふ祖母

サフランの栽培方法おぼろげに覚えてゐると母は言ふなり

お母《か》さんのはもつといい色してゐたと乾くサフランに触れつつ言ひぬ

墨量

晴天の熊本空港におり立ちて夫と食みをり馬刺しの握り

下駄の音たてて山茶花散る径を歩みゆくなり垂玉《たるたま》の宿

芹川にかかれる橋をわたり来て鉄幹・晶子の歌碑に出合ひつ

墨量の少なき晶子の軸かかる大丸旅館は町中にあり

午前九時荒城の月の流れきてのどかに聴きぬ竹田駅前

Ⅱ

鬼千匹

百姓などしてないみたいと媼いふ褒め言葉なり誰にでもいふ

山の奥の段々畑の中ほどに友の家あり白犬ねむる

生き生きと遊んだ記憶のなき我は生き生きとした大人になれず

覗きみて窓をたたけば難聴を案じゐし孫のふりむきにけり

畑に出るわれを呼び止むる猫じやらしどの花よりも高くなびきぬ

作業場に桃のかをりの満ちみちて夫が手入れの白鳳ならぶ

東京に暮らす息子の家訪ふと娘二人が弾みてをりつ

小姑は鬼千匹と世にいふに招きくれたる嫁にありたり

わが作りしたうもろこしにかぶり付く孫の写真が送られて来ぬ

あした出荷の

めらめらと熱き空気が逃げ出しぬビニールハウスの換気の瞬間

常よりも早く勤めを終へし夫　無花果畑のわれに声かく

色のよき実に仕上げむと一枚づつ葉を後ろ手のかたちに組ます

あした出荷の無花果の箱を折りながら堤防歩く人をながめつ

午前中の出荷に追はるる日の続き夏祭りの花火ききつつねむる

隣田は荒れたるままに鼬棲む雉の子一羽すくないやうな

子供らの賑はふ公園に五時の鐘鳴ればいつせいに声の移動す

発酵する肥料のにほひ畑に満ちきのふの雨を夫と喜ぶ

赤き実は

新春の風呂に入りて帰省の子は窓より見ゆる花の名を問ふ

手を出せば手をつなぎくる幼子のちひさい手袋しめり気帯びて

内孫も外孫も皆出はらひて仕事はじめの野良に出で来つ

赤き実は檀《まゆみ》と教へ手にゆらす明日去ぬる子らと畑をめぐりつ

十日ゐてやつとわが家の児となりしをさなご二人帰りゆきたり

檗の木下を

本を読む少女の靴のつま先が折々あがる朝の電車に

冬木にふたつ烏瓜さがる紀見峠《きみたうげ》電車とまりて風が乗りたり

木津川わたり淀川わたるひとりなれば歌会に行くも旅とおもへり

半年ぶりのこの地下道に山茶花の花びら落ちて出口の近し

出会ひたるかつての上司の好々爺もらひし花の話などして

先丸き短き鉛筆ポケットに畑へ急ぐ自転車こぎて

弁天さんの祭りは雨になりがちに今日の青空桜が謳ふ

隣田は紅花出荷のまつ盛り鋏の音を空に放ちて

まだたれも気づいてゐない蛍なり　橋の上にてひとりじめする

雨少なき六月の庭を流れゐる水路は櫟の木下をくぐる

マロニエ

乗り継ぎにヘルシンキ空港におりたちてしばし吸ひたりフィンランドの空気

ジュネーブに着陸をする寸前に見しものは牛　あまたねそべる

川に沿ひ穀物倉庫ならびあり鼠返しとふまるき石積む

あらゆる角度にマッターホルンを追ひかけてシンドラー社のエレベーターに乗る

たち昇れば落つる他なしレマン湖の噴水ただに高くあがりぬ

ひと言も話せぬ不自由さ楽しみてレマン湖の辺にレモネード飲む

ツェルマットの夜は冷えきて羊らが遊びし草もぬれてゐるらむ

登山鉄道おりて枕木またぎたり線路のにほひのなつかしきかな

マロニエにあまた青き実つきてをり落ちし実なべて捨てらるといふ

この旅を力とぞせむ新しき朝の光を機内に浴びつ

旅の後に写真を整理するやうに二十首詠めりよみて足らへり

薔薇の花束

児を連れて病院通ひのあの頃が楽しかつたと娘はいへり

痒きところ掻きやる心地に樵につく虫の卵を落としやりたり

十九年無花果つくり一番の不作のことし夫退職す

退職の祝ひの席にちひさなる薔薇の花束はわれにくれたる

娘の家を訪へば留守なり陽をうけて小さきブラウス風に揺れをり

えらばれて生れし孫なりみこまれて母となりたるわが娘なり

晴れし日は体が二つ欲しいなりほこり横目に畑に出で来つ

雨の日は体が三つ欲しいなり寝る、掃除する、本を読みたし

彼岸花

何気なき夫の言葉に吾が裡の刺さりし棘のまだあるを知る

心の中にくすぶりつづける拘りを燃やしてしまへと彼岸花さく

胸の内にふつふつ湧きゐしものつひに腫瘍となりてエコーにつかまる

三月に検査しませう　病院の帰りに真つ赤な花求めたり

龍潭寺《りゆうたんじ》に夫もとめ来し「浜納豆」兵糧なりしと由来記の付く

わつと来てあれよあれよと椋鳥は豌豆の芽を喰ひ尽したり

まつすぐに目を見て話す医師なればとつてしまはう胸の腫瘍は

キャラメル

月見草さきゐし空き地に塀高きピアノ教師の家が建ちたり

退職祝ひに夫がもらひし花束の薔薇が根付きぬあかき芽のびて

孫のやうな児らにまじりて墨すれば半世紀前の嬉しさにをり

書道の後のミルクキャラメル二つ三つ学ぶといふは体力がいる

わが憂さが指の先より抜けるゆゑ今日も一日庭の草ひく

夢に見しと母に電話をかけくるるこの人にいたく世話になりたり

睡蓮鉢に水を満たして雨やみぬめだかの背中がゆつくりゆれて

何やかやこしやこしやとなし連休を花の中にて過ごしてゐたり

樹液動きて

ホースの中を走る水音ちかづきて無花果畑は灌水はじむ

晴れし日のビニールハウスは四十度　樹液動きて切り口ぬらす

よき芽ひとつ残す作業を一日せり優劣つけるは苦しきことに

介殻虫はひそみてゐたり無花果の樹皮にむらがる蟻をはらへば

見つけ次第ワタカイガラムシ潰すため歯ブラシ携へ収穫にゆく

朝なさな無花果を採る畑のそば合歓の木倒され家建ちはじむ

足伸ばし寝てゐる犬のその時間少しわけてはくれぬものかな

爪痕

結局は花の話に終始して二十五分の電話を切りつ

男の鬼門女の鬼門と草ひきて九月のなかば肩こらせをり

獣《けだもの》のにほひがしたり無花果にあまた爪痕のこる畑は

十月の朝日のぼればたちまちに露をふきをり無花果の実は

己が身より大き青虫つかまへて乗つかるやうに蜂がとびゆく

嬉嬉としてかじる鼬をおもひつつ歯形のつきし無花果を捨つ

幾度も時計を見つつ荷造りす無花果出荷は正午迄なり

亡き義母がみえてくるなり亡き義父に似たる夫に憤る時

記憶の地図

畑隅の電信柱の北側は兎のユキの眠れるところ

曾祖父の拓きし山を見に来たり母の記憶の地図をたよりに

腹違ひの妹とふ人あらはれて母のめぐりは急に華やぐ

同じ噺四回もする米朝をききつつ父に重ねてをりぬ

袖に入る桂米朝よろめきてわれは一瞬息とまりたり

空掃くやうに

一番に開きし花が一番に散りて自然は律義なるかな

満開の白木蓮の枝くぐり役場の人が詫びにくるなり

人が来る前に骸をかたづけねば朝あさを掃く木蓮の花

竹箒を空掃くやうにふりまはし茶色になりし花びら落す

野辺をゆく水戸黄門の映像にトラクターの痕しるき山畑

「高いとこから失礼します」二階より昨日の苺の礼いはれたり

ぐみの実を摘みつつ母の話きく父の主治医の転勤のこと

鳥の来ぬ今年の庭に茱萸うれて桑の実熟れて雨やはらかし

天気予報は大外れなり市展までギラギラ陽の降る雄橋《をのはし》わたる

和歌山市美術展覧会

冷え切つた身をとかしつつバスを待つ本町二丁目寂れてゐたり

みぞれ鍋

新しき郵便局のこのあたり友の家ありき桐の木ありき

昨日よりずつとおいしいと児は言ひて柿の葉寿司の葉を重ねゆく

ひとしきりとんびは鳴きてしづまりぬこの冬もつとも冷えしるき朝

郵便局に行くとふ母にたのみけり小為替二千円メモに大きく

すばらしき歌が野良着のポケットに粉々になり竿に乾きぬ

己が身を証明するすべ何もなく郵便局より母もどり来ぬ

疲るればこころ弱りぬみぞれ鍋きれいに食べて今日は早寝す

葡萄畑

両手上げボディーチェックを受けてをりヘルシンキ空港に囚人のごと

胸高き人に触れられ平らなるわが小さき身は後ろ向かさる

何ゆゑに金属探知機鳴りたるや旅の話題のひとつとならむ

いつ暮るるのかとおもふ明るさヘルシンキに五時間おくれの離陸をまちぬ

五時間半足止めされたり無花果の葉巻作業のふた畝分か

七時間時計戻してグラナダの千年前の石畳ふむ

人ひとり働くを見ず半日を走りてまだまだオリーブ畑

身をかがめ葡萄の木々を覗きこむ六月朔日小さき実の見ゆ

ワイン用の葡萄畑に入りゆけば土にはあらぬ赤き石塊

この石を踏みて手で摘むと教へらる葡萄畑の端みえぬなり

丈ひくき葡萄の蔓をゆらす風に夫とふかるるここはラ・マンチャ

サンティアゴ・デ・コンポステラの売店に小さき鉛筆削りを買ひぬ

あああの青年はきつとダウン症すれちがふミハスの町に孫を重ねつ

風呂敷

あんなとこ通るやなんておもはへん野木瓜《むべ》の蔓にて父はこけたり

痛くない筈はなけれど「いたない」と父は言ひたり血は止まりたり

偏屈とこの家の血筋を母は言ふ亡き祖父、父をそして我をも

風呂敷にパソコン包み普及所へ農業簿記を教はりにゆく

み空よりふりくるやうにあらはれて目白は白き山茶花にのる

昨年のつづき

年玉は賞状頂くやうにもらへ父さんがいつたと孫の言ふなり

帰りゆきし子らの布団を陽にあてて昨年《こぞ》のつづきの今年はじまる

直売所は盛んなるらし後田橋《しれだ》わたりて高き声流れくる

みいふくろ百円の麺購ひて今年最初の冷麺つくる

弔辞よむ口調にも似て菅家《すがや》さんに栃木県警謝罪をしたる

土の匂ひす

里芋は今年豊作お月さんに供へる前に二度いただきぬ

ゆつくりと確実に本は読むべしと大江健三郎子供向けに書く

ゆけぬこと泣かむばかりに詫びてゐる留守番電話に覚えのあらず

とんびとは飛びつつ鳴くと思ひしが声に見やれば電線にをり

十月の畑に生れたる歌ひとつとどめし紙は土の匂ひす

こんなにも小さな息子であつたのかひしと抱きしめ夢にさめたり

庭の犬に畑のわれに声かけて老いたる父母は散歩に出かく

プラスチックの玩具と思ひ水色を拾ひあぐれば卵のかけら

古家毀つ

生きてあらばあんな値段で売るまいにわが家に掛かる北喜久子の絵

生け垣に犬の糞さす飼主をこらしめる方はありませんかね

晴れやかに朝陽のなかに立つ家の限りの今日を写真にをさむ

師走九日今日にむかひて走りこしこの幾月ぞ古家毀つ

寝て食べて風呂に入るが仕事なり夜なべにさへも櫃つくりし父

ふとおもふおもひを通すと通さぬはどちらがどれだけ強いのだらう

悪しきところなき筈の胃が重苦し家つき娘のつらさに候

野良着のままに

とてつもなく長い電話をかけてくる従姉はたまに田舎恋ふらし

心こめ作りし味を貶されて飯炊き女は早寝するなり

熊楠もこの教室にをりしはず「坂の上の雲」テレビに見つつ

去年より十日遅しと夫がいふ無花果の芽の青くなりたり

病む父より受け継ぎ夫は風呂を焚く機嫌よきかな野良着のままに

牛蒡の花

草ノイローゼといふがあるらし街路樹の下の草さへ気にかかりをり

裏畑に闌けて牛蒡の花咲きぬはた通るたびわれに付きくる

母の定めし七月十日にやや遅れ二合の黒豆まきて安らぐ

幾度も剥がれては貼らるるポスターの政治家つひに川に落ちたり

茄子の葉にとまり辺りを見回せる虻は蜜蜂くはへてゐたり

月に一度梅田に行くは七年目農耕民族規則正しく

たんねんに靴をふきたる老人のティッシュころがる朝の電車に

錦織がストレート負けしたことを電車の中のテロップに知る

譲り合へとふ車内放送ながれをり和歌山行きのガラガラ電車

分類すれば働く事と遊ぶことと学ぶといふは遊びに属す

窓に来てうるさきまでに鳴く虫よ言ひたきことは吾にもあるよ

玄関に飾りてゐしが外したり娘の婿の混じる写真を

息止めてまゆ墨ひきてもらふ時たまゆら思ふわが死に化粧

葦舟

おそれたる日はやつてきて盆の夜を『葦舟』開く教科書として

百日紅の花の乏しきこの盆に六十四歳師は若すぎた

草刈れば十薬の香がのぼり立つ十薬愛せし師は身罷りぬ

伯母が逝きかかりつけ医も師もゆきて五十九歳節目とおもふ

あんなにも甘くおほきな実を育て畑にほつそり柿の木はたつ

賀茂鶴一升

夫の手に槇の生垣刈られゆき長女の婚の近づきて来ぬ

母としてでき得ることのひとつなり結納飾る床に花活く

「一生大事に致します」縮緬の風呂敷包みの賀茂鶴一升

荷送りの後の子の部屋にのこされて重き二冊の卒業アルバム

山の上のてんてらてんまでみかん畑　風車の回る有田あかるし

葉の茂る白木蓮の樹の下をくぐりてゆけり子の白無垢は

帰り来て留袖解けばほろほろと金紙銀紙の切紙こぼる

年寄りの四人家族になりにけりお鏡餅の黴は削りぬ

コスモス

新しき作業場たちて磨かれし古き時計の掲げられたり

開店の阪井の靴屋に長靴を買ひて靴べら貰《もう》て帰りぬ

白木蓮も彼岸桜もすつかりと褪せたる後を父退院す

ボランティアに草刈りくるる人ありてことし堤の菜の花乏し

春の野に五時を知らせる鐘がなりをちこち犬の遠吠え聞こゆ

養護学校にはそれぞれ花の名のつきて新《あらた》の通ふとこはコスモス

ちよつかい出して蹴つとばされし新なり朝の体操すねてせざりき

ちひさな赤子

逝くものと生れくるもののあはひにてこの世はかくも花にあふるる

子の出産近づく庭の橅の木に鳩が小枝を銜へゆき来す

穏やかな友と話し込むオリーブの木陰はわれを饒舌にして

産む力産ませる力生るるちから小さなちひさな赤子生れたり

甲子園は延長戦に入りゆきて茹でしさうめんのびてしまへり

草に追はれて

耳元に「おい」と聞こえて目覚むれば月の光が枕に届く

母が作りわれが広げし庭なれど草に追はれてまた愚痴の出る

小さき茶の木を覆ふばかりの草ひけば何やらがをり生なまとをり

五百円玉ほどのものなりよくみればとぐろを巻きし蛇にありたり

柄の長き竹割り箒を持ちくれど蛇の姿はあらず　めでたし

われの今いかなる季節やもみぢする庭の草ぐさ今日もひきつつ

鳴きやまぬ犬を叱りて電灯に照らせば紐のやうなる蛇が

とにかくに始末は明日にいたしませう蛇にブリキのバケツをかぶす

あの蛇は水路を流れゆきたると翌朝夫はわれに答ふる

辛卯《かのとう》の年

生まれしは辛卯の年　辛きこと少なき今年でありますやうに

一匹の蜘蛛が居たりし肥料桶ゆふべ二匹となりて死にをり

人生はうまくいかないものである胸のラジオが宥めてきたり

ふる雪のごとく梅の華散りにけり安永蕗子身罷りし朝

霜月の雷

十歳で櫃職人の見習ひにみづから行きしと聞かされてゐき

入院の父の米寿となる朝に香ひそかに枇杷の花さく

そんな筈ないとおもはず叫びたり朝の六時の電話にわれは

母にどう話せばよいか電話もち冷たい廊下を部屋まで走る

今ここに息がこの耳にのこつてる　母は言ひたり　師走二十九日

なかよなりやつたんやねえと病室に従姉入りくる　さうやつたんや

生きゐる者は食はねばならず父のそば離れて夕べの厨にたちぬ

次の世も一緒にならうと母は言ひ花にあふるる棺閉ぢらる

大晦日の告別式は雪となり父のひと世の厳しさを知る

臨終に間に合はざりしこともみな父の許れることと思へり

回り灯籠

笑うてる遺影はよろし何もかも許さるる心地に父の死後生く

父逝きてもう誰もしる人のなし伯父が戦争に行かざりしわけ

土が好きとはまんざら嘘ではなささうで息子の息子は葱とりにゆく

雪の日の橋本駅で乗り換へて高野《かうや》に登りゆきし父の骨《こつ》

昼間やみて夜半また雨となりにけり回り灯籠母としまひぬ

たのみごとみなききくれる父となり鉦をならしてでかけてきたり

Ⅲ

土筆の花粉

八十三歳《はちじふさん》の母がゆふべの顚末を夫に話すが階下より聞ゆ

七段の脚立しつかり固定して塀に足かけ枇杷の摘果す

草ひく手を止めて立ちたる時に見ゆ土筆の花粉が風に流るる

親不孝な人だと常に思ひしがこの頃彼女をわかる気のする

毛のつく毛布

耳遠くなりたる犬は子の犬の気配にわれの方を向きたり

家を出たままの犬待つ秋の夜その犬の子と雨を聴きつつ

首輪はづれ庭をめぐりてゐる夕べ早う帰れと言ひしが最期

多分もう生きてはゐまいカムカムの淡き茶色の毛のつく毛布

脱走癖のある犬なれば誰も彼も戻ってくるを信じてゐたり

死期察しゐなくなりしと夫は言ふ畑に拾ひて十五年経つ

木漏れ日

はつ夏の朝の光の弱まりて小学校より歓声あがる

うす暗くなりたる庭に日食は鱗のやうな木漏れ日つくる

「かはいいぢやない」と言ふ友の気のしれず夜中大きな蜘蛛と闘ふ

死にたればこんなに小さくなるものか雨ふる外に掃き出《いだ》しつつ

ああこの人も蜘蛛は逃がすと言ひにけりわが家に入りくるクモはあほなり

八十八夜

車いす押すも押さるるもみな老いてわが行く先のなんとおそろし

箒つかひをうるさく言ひし父なりき梅の花殻あさ朝に掃く

薔薇の木の傍《かたへ》によろけ健やかな赤きシュートを折りてしまへり

歌ひつつ茶を摘みしとふ祖母おもふ八十八夜に籠さげゆけば

何処より聞えてくるか雨後のあさ自転車とめて郭公を聴く

蒟蒻にせむと掘りあげし芋なれど暇なきままに花が咲きたり

冷蔵庫にて日持ちのすると書き添へて子に送りたり莢隠元を

何処よりはこばれ来しや六月の庭に咲きたる蛍袋は

鍵ひとつ

外に置く流しの中に尾の青き蜥蜴一匹逃げ場を捜す

青光る尾をもつ蜥蜴に一本の草かけやりて畑に出で来ぬ

雨の前に花はよく咲く蜜蜂とキウイの受粉に励みて居りつ

はびこりし蛇苺なり紅き実を踏むことにさへ慣れてしまつて

もう雨の落ちはじめたり蜜蜂は去んでしまつてひとり受粉す

キウイ畑に濡れつつ受粉すもうちよつともうそこまでこの木が終はる

かけやりし草を頼りてにげたるや流しの中に蜥蜴はをらず

流れきてキウイの棚の下をとぶ蛍なりけり五月の尽に

白木蓮の枝はらはれて天高し帰省の子らの布団干したり

庭草をひきゐてみつけし鍵ひとつわが家のどこの錠にもあはず

大草と戦ひをれば出できたり秋になくしし小さきわが鎌

鳥がとび交ふ

待ちかねし雨の音なりキウイ畑無花果畑にふる雨のおと

惚れ惚れとながめて剝きぬ初採りのひとつの桃を夫とわけ合ふ

昼からも晴れると信じ置ききたる鎌濡れてゐむ野菜畑に

完璧に覆ひし筈の無花果のハウスに二羽の鳥がとび交ふ

朝あさに啄《つつ》きたべしはおまへかと網よりはづして鵯をとむらふ

夜のうちにたらふく食べてアライグマ檻の中にてキュルキュルなきぬ

無花果の生産者としてスーパーの店頭にたつ半被をつけて

試食にとちひさく切りわけ子供連れの客にすすめる阪急オアシス

二枚の念書

夫の手に庭木の剪定すすみゆき霜月二十日の暮れなむとする

裏口の廊下に長靴はきしまま野良着の夫は胸おさへをり

救急車みづから呼びたる夫なりかかる時でさへわれを恃まず

辛抱できる程の痛さと答へつつ手先の痺れを再度訴ふ

処置室のドアの隙より真裸にされて小刻みに震へるが見ゆ

いつ死者になりても不思議はないといふ二枚の念書に署名をしたり

病院の廊下は冷えのまさりきぬ　私は何をすればよいのか

三人子はそれぞれ見舞ひてくれにけり　他人事《ひとごと》なりし心筋梗塞

倒れて三日目命令口調の戻りきぬ天国は夫を拒みたるらし

「救急車は乗り心地悪し」友くればいつもの調子に話すが聞こゆ

黄の水仙

一年前をかくもはるけしと思ふかな墓のそこひに雪のふり込む

新しき墓石の底に父の骨をさめてうからに酒をつぎをり

声出すは肩の力を抜くためと野球少年をしへくれたり

元日に宅急便の届きたり恩のあるのはわれの方なる

お風呂何でわかしてますか　薪ですと答へればすぐに電話切れたり

振り袖のこまどり姉妹が唄ひをりつけつぱなしに母はねむりて

黄の水仙は庭のをちこちに咲き初めてそのひと群れのもらはれゆけり

はや樹液動きはじむや剪定のキウイの切り口しめりてゐたり

夫病めばハウスの管理の滞り無花果の芽のいまだ動かず

席をつめ座せしをみなの肩先が触れて四月の冷気つたはる

草の庭

夏日なる伊賀の上野はさびれをり丁稚羊羹ひとつあがなふ

入りゆけば紫蘭いちりん活けられて芭蕉の生家はひんやりとせり

ぽぽ、ぽぽ、と鳴きつつ高みを飛びゆきしそは筒鳥と知りて楽しも

をさな来ておもちゃ散らばる家となりなんとかなるさと葉月はじまる

昨日姉となりたる彩春《いろは》のふらここをゆらせばたのしいと声に出し言ふ

をさな児にふりまはされて草の庭ひときは高く栴檀草さく

三歳児と見るテレビにて種の殻かづき芽の出るわけを知りたり

かすみ草に似合はぬにほひとおもひつつ抱へて墓の坂道のぼる

十七夜は雨となりたり「お月さんはびしよぬれだねえ」と彩春の言ひぬ

台風が季節を秋にかへし後わが家の庭にシャジン咲きたり

畳の上に五キロのメジロと寝転びしふたりの孫を写真にをさむ

有馬の湯

検査入院の夫に付き添ふ三日間　十一月の雨ふりつづく

喧嘩ばかりしてゐる夫婦でありますに仲よろしなと医師に言はれつ

摘花にて落としし枇杷のにほふかな枝に残れる花よりしるく

長男も大人になつたもんやなあ　愚痴いふ妹に意見してをり

祖父から父へ父からわれに継がれたる短気なる血が息子に流る

何を考へてゐたんやらうセーターの後ろ身頃を二枚も編んで

小学校を卒業すればおぢいちゃんと旅ゆく慣ひ今年は新《あらた》

宏太は京都、巧《たくみ》は大阪を望みたり新にはわれも娘《こ》も付きゆきぬ

おぢいちやんと大《お》つきなお風呂に入りたいたつたひとつを伝へし新

有馬の湯に雪はふりつつ子を独り育てる娘とゆつたりとせり

つゆくさの花

たんぽぽの万の綿毛が風に舞ひわたしの庭に着地してゆく

近道をする楽しさはわれも知る傘くるくると一年生は

無花果の葉巻き作業もすまぬ間に明日は八月盆が近づく

お盆まで父帰るまでと草引きてつゆくさの花あさ朝散らす

かはいいと大事にされて老い母はスポーツクラブに入会したり

八升の小豆

哭く人を叱る声する通夜の席この人はいつ泣けといふのか

買つてより幾日もたたぬラジオなり胸より落ちて水路を流る

はや弾け土に落ちゐる実のありぬ色づく小豆の莢摘みゆけば

存分に秋の日ざしを吸ひこみて八升の小豆は干しあがりたり

四画目は左にぐつと突きだせり平等院の石柱の「平」

裁判所にどうしたことかつながりぬ味噌屋に電話をかけしつもりが

冬の陽に干されてわれのとんがらしごまめに使ふともらはれゆけり

忠魂碑の花

いつもいつも父が怒つてゐし訳を知るおもひして母といさかふ

朝四時にメール届きぬ「こけたんよきてよ」は母なりすは駆けつける

転《こ》けてから四時間かかり携帯に手が届きしと母のいふなり

大腿骨骨折の母がしきり言ふ忠魂碑の花枯れてゐるとぞ

陸奥宗光が池《いけ》田《だ》垣《がい》内《と》に寄付をせし弁天山に建つ忠魂碑

ふるさとの山がみえると喜べる母の回復おどろくばかり

耳遠き母がメールのできること有り難きかな八十七歳

気弱な木

オリーブは気弱な木なり夫と伐る相談するうち枯れてしまへり

老いたる親に農を捨てよといふ話またも聞きたり会葬の列に

友の父は戦艦大和の生き残りヤマトの模型を卓に飾りて

喫茶ヱモンは介護施設になりてをり「火の木」の歌会の度に寄りにき

「美肌処理しますか」に「はい」とタッチしてぺらぺらの我をもちかへりたり

わが身の丈

炭はぜて舞ふ灰もろともさざえ食む伊勢の海女小屋潮の香みちて

庭隅に僅かに雪ののこれるを五歳の孫はかさぶたといふ

無花果の栽培やめむと夫が言ふ三十年を節目とぞして

飛行機雲にひかうき雲が沿ひ伸びるこの旅をはれば雨になるらし

歌ひとつできずに帰る旅なりき団体とふは人に疲れて

よく見れば夫の名よりも大き字の警察署長の感謝状なり

野良着三枚しめて三千七百円わが身の丈はこれくらゐなり

無花果の栽培やめたらもうちよつとゆつくり歩かう寄り道もして

そこには何があるのかと聞かれをりなにもあらざらむ小夜の中山

わが愚痴をたつぷり含んだ土なれば今年の大根よく太りたり

思ひ立つて新と旅に行きました　娘の土産の生姜の奈良漬

傘のごと

夕ぐれが一番きれい木蓮の下くぐり来てまたふり仰ぐ

白鷺のとまつたやうに遅れさく白木蓮に夕やみがくる

傘のごと桜の枝は土手に張り遠くのわが家その中に入る

肩幅のぐつと大きくなりし孫アーチェリーの主将つとめると言ふ

主将とは何をするかと訊ねればあやまる役目とケケと笑ひぬ

芋の葉

口開けて虫歯の治療をうけてゐる　ああこの令和の初日にわれは

予報になき雨が西からやつてきてバケツの中の肥料をぬらす

うつむきて耕しをれば影のきて誰かとみれば芋の葉ゆるる

送るといふに歩いて帰るを見送りぬ赤いコートが橋わたりゆく

この庭に来るは楽しみ　背の高き訪問看護士いひてくれたり

三人子がおくりてくれし蓮根の三キロみたりで堪能したり

跋

無花果とユーモア

松村正直

中林祥江さんとは歌会やカルチャーセンターで長らくご一緒してきた。ほがらかで落ち着いた印象の方で、特に目立つわけではない。でも、疑問に思った点などがあると、はっきりとした口調で質問をする。それと、時おりご自分のところで採れた無花果などの果物をくださることがある。

歌集『草に追はれて』を読んで一番目に付くのも、無花果に関わる歌の多さであった。

考へて思ひあぐねし時いつも無花果畑に聴いてもらひぬ
五時間半足止めされたり無花果の葉巻作業のふた畝分か
最優秀賞を卒寿の翁にさらはれて無花果部会の会場は沸く
嬉嬉としてかじる鼬をおもひつつ歯形のつきし無花果を捨つ

無花果栽培は作者にとって仕事であるだけでなく、日々の生活や人生の一部と呼ぶべきものになっている。悩みごとや考えごとも、人に聞いてもらうより畑で作業しながら無花果に聴いてもらう方がしっくり来るのだ。空港で足止めされた待ち時間も、すぐさま無花果の作業時間に換算して把握される。それだけ身体にしみついた感覚になっているのだろう。地元には九十歳になっても無花果を育てる方がいて、品評会で最優秀賞を受賞したりする。会社勤めと違って農家には定年がなく、何歳になっても働き続けることができるのだ。動物による食害はおそらく農家にとって深刻な問題だが、鼬の喜んでいる顔が思い浮かぶと、まあいいかと許してしまう。このあたりに作者の人柄がよく滲んでいる。

わが摘みし実綿を繰りてやうやくに4・3キロの綿を溜めたり

持ち込みし綿を量りて一貫と一六〇匁と綿屋がいひぬ

お風呂何でわかしてますか　薪ですと答へればすぐに電話切れたり

野辺をゆく水戸黄門の映像にトラクターの痕しるき山畑

昔ながらの暮らしが持つ温もりも、歌集全体を通して伝わってくるものだ。収穫した「4・3キロ」の綿を持ち込んだところ、綿屋では今も尺貫法が使われていて「一貫と一六〇匁」になる。そうした単位が醸し出す懐かしさに作者は立ち止まる。何しろ今でも薪でお風呂を沸かす生活をしているのだ。おそらくガスから電気への切替を勧めようと電話を掛けてきた業者も面食らったことだろう。そんな作者であるから、テレビの時代劇に映るトラクターの痕にもさっと目が止まる。これは農作業の経験がないと気が付かない点で、番組制作者は見過ごしてしまったのだ。

直売に売れ残りたる隠元は心細げにわれを待ちをり
オリーブは気弱な木なり夫と伐る相談するうち枯れてしまへり

すばらしき歌が野良着のポケットに粉々になり竿に乾きぬ
ゆけぬこと泣かむばかりに詫びてゐる留守番電話に覚えのあらず

作者の歌の特徴の一つにユーモアが挙げられる。直売所にぽつんと残った隠元を、保育園で親の迎えを待つ子どものように思う。また、オリーブの木が枯れたのは、夫婦の相談する声が聞こえて自らの運命を悟ったからではないかと考える。「心細げ」「気弱な」という捉え方の奥には、弱いもの、目立たないものに対する作者の心寄せが深く滲んでいる。

三首目は「すばらしき歌」と言ったところが面白い。農作業中に思い付いた歌を紙に書いて、そのまま洗濯してしまったのだ。もちろん、メモは粉々になってしまいどんな歌だったか分からない。思い出せないからこそ「すばらしき歌」であった気がしてくるのである。四首目は深刻な内容の歌かと思って読み進めると、結句で間違い電話の話だとわかる。語順の巧みな歌だ。これは掛かってきた電話だが、反対に、〈**裁判所にどうしたことかつながりぬ味噌屋に電話をかけしつもりが**〉という歌もあり、すれ違いが何とも言えない味わいを生んでいる。

こうしたユーモアは、本人がいたって真面目だからこそ面白いのだろう。いわゆるウケを狙って詠まれた歌とは違う。そのため、さらに一歩進むとユーモアは批評性を帯びていく。

百姓などしてないみたいと媼いふ褒め言葉なり誰にでもいふ
幾度も剥がれては貼らるるポスターの政治家つひに川に落ちたり
よく見れば夫の名よりも大き字の警察署長の感謝状なり

「百姓などしてないみたい」という言葉には、農家の人の持つ自虐的な意識が滲む。けれども、作者はそれを前向きに褒め言葉として捉える。農家であることに対する誇りと自信があるからだろう。選挙用の政治家のポスターは笑顔のまま何度も剥がれ、とうとう川へと落ちてしまう。皮肉の効いた歌である。夫がもらった感謝状では、まず名前の大きさに注目する。授与する立場の警察署長の名前の方が、夫よりも大きく立派に書かれているのだ。こうしたところに、上下関係の意識や自己顕示欲が表れてしまうのだろう。そこに目ざとく気づいて、事実だけをさらりと詠んでいる。批評性の鋭い歌と言っていい。

奈良の桜、吉野の桜と騒ぐ間に土手の桜の散り初めにけり
本を読む少女の靴のつま先が折々あがる朝の電車に
近道をする楽しさはわれも知る傘くるくると一年生は
ふとおもふおもひを通すと通さぬはどちらがどれだけ強いのだらう
逝くものと生れくるもののあはひにてこの世はかくも花にあふるる

最後に好きな歌をいくつか挙げよう。

一首目、春になるとどこへ花見に行こうかと誰でもそわそわするものだ。奈良にも吉野にも桜の名所が数多くある。でも、実は暮らしの身近なところにも桜は咲いている。土手を通って、あらためてそのことに気づいたのだ。

二首目は「つま先が折々あがる」という描写がいい。無意識に足の先が動いている。それは、夢中になって本を読み耽っている証でもある。

三首目、雨傘をくるくる回して一人で歩いて行く小学一年生。道ではないところを通って自分だけの世界を楽しんでいる。子どもにだけ見える風景があるのだろう。作者も同じような経験をしたことがあるからこそ、その姿を暖かく見守っているのだ。

四首目、一般に私たちは最後まで自分の意志を貫くことを美徳とすることが多い。でも本当にそうなのか、と作者は考える。自らの思いを封じ、断念することにも、実は強い意志が必要だ。人間の行動は見かけほど単純ではない。

五首目、孫が生まれるのと入れ代わるようにして父が亡くなる。時が流れ、世代を超えて受け継がれていく命。花の咲く風景の中で、人の命とは一体何なのだろうと考える。それは、自らの人生を振り返り今後の生き方を問い直すことでもあるにちがいない。

歌集の終わりには三十年を節目に無花果栽培を終えようとする歌がある。〈**無花果の栽培やめたらもうちよつとゆつくり歩かう寄り道もして**〉と詠む作者の暮らしは、これからどのように変わり、どのような歌が生まれるのだろう。新たなスタートを心からお祝いする。

あとがき

三十五歳からはじめた無花果栽培。早朝の収穫の最中にふと見上げた西空に白い月が浮かんでいて、この綺麗な場面を何かに残しておけたら、と心からおもいました。

そんな折、読売新聞のよみうり和歌山文芸に載った、同じ町に住む居垣梅さんの、

一人居の食卓淋し今日も又椿ひろいて皿にならべる

の一首に感銘をうけました。後から知ったのですが、梅さんは九十歳から歌を作りはじめ、初めて新聞に載ったのがこの歌とのことでした。

そのご縁で、志場未知子先生にお世話になり、「火の木」の諸先輩の方がたにも一から教えていただきました。その後、安永蕗子先生の「椎の木」を経て、平成十七年「塔」に入れていただき、今に至っています。

歌集にまとめるなど思ってもいなかったことでしたが、七十歳を目の前にし

てこの二十五年間の整理をしなければ、と考えるようになりました。もともと心の捌け口として求めた歌作りでしたので、読むに耐えない歌が多く、ぽいぽい捨ててゆくのは楽しい作業でした。

タイトル「草に追はれて」は実に私の生活を表したもので、

母が作りわれが広げし庭なれど草に追はれてまた愚痴の出る

からとりました。

Ⅰ部は「火の木」と「椎の木」時代の歌。Ⅱ部は「塔」に入ってからの歌で、父が亡くなるまで。その後、昨年末までの歌をⅢ部に収めました。ほぼ年代順に四百四十余首を並べていますが、多少手を入れたりしています。

何もかも戸惑うことばかりで、以前毎日カルチャーでお世話になっていた松村正直氏には選歌をはじめ、ずいぶんご苦労をおかけしました。細やかなご指導のおかげでこの今に辿り着けましたこと、本当にありがたく感謝申し上げます。

また「火の木」以来お付き合いいただいています方々、「塔」の皆さま、和歌山歌会のお仲間、そして歌を通して関わっていただいたすべての方々にお礼申し上げます。

出版に際しまして、現代短歌社の真野少様はじめスタッフの皆さまに大変お世話になりました。ありがとうございました。

装幀を間村俊一様にお願いできますことは、身の丈をはるかに超えた思いがけない喜びです。厚く御礼申し上げます。

最後に、九十二歳でまだまだ元気な母と、主人にも助けてもらいました。ありがとう。これからもよろしくお願いします。

二〇二一年十月

中林祥江

著者略歴

中林祥江（なかばやし・さちえ）

昭和26年（1951）7月　和歌山県に生まれる
昭和45年（1970）3月　県立粉河高校卒業
平成 9 年（1997）4月　志場未知子主宰「火の木」入会（2004年退会）
平成16年（2005）5月　安永蕗子主宰「椎の木」入会（2006年退会）
平成17年（2005）6月　「塔」入会　現在に至る

塔21世紀叢書第三九二篇
歌集　草に追はれて
二〇二一年十二月十日　第一刷発行
著　者　中林　祥江
〒六四九-六六一三
和歌山県紀の川市藤崎二二六-一
発行人　真野　少
発行所　現代短歌社
〒六〇四-八二一二
京都市中京区六角町三五七-四
三本木書院内
電話　〇七五-二五六-八八七二
装　丁　間村俊一
印　刷　創栄図書印刷
定　価　二七五〇円（税込）

ISBN978-4-86534-379-3 C0092 ¥2500E